측광

측광

채길우 시집

창비

차
례

간병

새하얗고 너른 침상 위로
너무 일찍 떨어진 감꽃에
어린 벌이 찾아와 있다.

싱그러운 초록과 비린 향기가
미처 식지 못한 꽃잎들을
벌이 허리 굽혀 어르고 매만진다.

창백한 꽃의 얼굴에 더 가까이 벌은
설익은 꿀이 말라붙은 입술을 핥고
푸석해진 화분을 살결에 펴 발라준다.

꽃은 작고 벌은 서툴다. 하지만
꽃은 다 시들지 않았고
벌은 좀처럼 날아가지 않는다.

보청기

그의 해저 동굴 내부에는
잡음 같은
고래떼가 산다.

먹먹하고 깜깜한 그곳에서
그들은 서로를 찾아 새끼를 기르고
싸우거나 장난을 치며 시간을 보낸다.

웅얼거리는 몸짓과 하염없는 주파수로
비좁은 동굴 벽을 두드리면서 고래들이
그를 위한 노래를 부를 때 비록
목욕탕에서 잠수한 채 고함을 치듯
잘 알아들을 수 없는 의미일지라도
그는 가만히 귀 기울이고 있다.

천장으로 스미어 뚝뚝 듣는 물방울과
바깥에서 새어 들어오는 바람에 대해
가까이 있는데도 아득히
어깨를 기대고 손을 맞잡을 수 있는데도

명명하며 애틋하게 외면하는
덩치 큰 고래들의 메아리로 우는 슬픔마저
이해해야 한다.

밤이 되어 그가 동굴의
입구를 막아두었던
젖은 쉼표 모양 마개를 뽑아주면
고래들은 소용돌이쳐
뜀박질을 하고 깊은 숨을 토하는
열린 물길을 따라 밖으로 나간다.

가장 어린 잔파도 하나까지
모두 빠져나간 동굴은
이제 고요하다.

그가 불을 끄고 눈을 감은
부드러운 잠과 모로 누운 어둠 속
서서히 가라앉는 수심으로부터

빈 동굴 안으로 밀려온

풍부하고 차가운 별자리처럼

잔물결 잇댄 수면과 구름 낀 하늘 위로

동시에 비쳤다 번져가는 폭죽처럼

떠오르는 수많은 형광빛 해파리들의

묶음으로 속삭이는 깊고 느린 춤과 명멸을

황홀히 지켜보기 위해

입술 막은 엄지같이 웅크려 호흡을 감춘

수줍은 질량과 눈동자

첼로

전통의상을 차려입은 고산지대 아낙은
말도 통하지 않는 여행객들에게
자신이 키운 돼지를 팔려고 했다.

피부병 걸린 껍질이 들고 일어나
문드러지고 변색된 돼지는
허약하고 작았지만

아낙은 튼실하고 문제없음을 증명하기 위해
앞발을 한데 붙들어 품에 들어 올린 후
양 무릎으로 돼지 허리를 죄어 꽸다.

아낙이 돼지의 희멀건 배를
한 손으로 쓰다듬어주고

돼지는 날 선 비명이 드리운
그림자만큼 긴 울음을 터뜨려

거품 문 입으로부터 공명하는

침이 질질 흘러내리는 동안

햇살을 등지고 서서
현이 끊어진 채 풀풀 날리는
빛과 털과 텁텁한 공기

이상하리만치 또렷하고 홀가분한
이국적 선율의 여러가지 절망들이
눈부시도록 투명해

먼 나라의 허기와 영원까지도
꼭대기에서 내려다보는 전망처럼
낮고 오래 지속되는 듯했다.

껍질

숙모는 오토바이 사고로 의식을 잃은
사촌의 몸을 굴려 등에 난 욕창을 닦아준다.
그리고 아이의 침대 곁에 엎드려 잠든다.
풍뎅이처럼 바구미처럼

숙모는 물속에서 눈 뜨듯 잠에서 깨지만
동공을 열어도 밖으로 나올 수 없는 표면장력만큼
굳은 각질에 싸인 아이의 눈두덩을 어루만지며
여전히 젖지 않는 꿈에서 헤어나지 않는다.

툭툭 건드리면
다리를 웅크린 채 배를 까뒤집고
누런 진물을 짜내어 죽은 척하다가
조금 더 기다리자 얇은 물방울 같은

바삭대는 낙엽 같은 등딱지를 갈라 꺼낸 날개로
온몸을 받쳐 되돌려 세운 후, 곧
날아가버리는 노린재처럼
무당벌레처럼

어서 일어나
장난치지 말고

네게도
날개가 있잖니

도공

아이는 밤새 또래들과
술을 마시다 돌아왔다.
도대체 왜 사냐,
묻지도 않고 그가 아이를 향해
손부터 들어 올릴 때 더이상
아이는 그를 피하지 않는다.
언제 낳아달라고 했어?

말문이 막혀 멈춰 있는 동안
문득 호젓하고 파란 문양 같은 표정의
아이가 그새 많이 컸다.

가마 곁에서
갓 구워진 흠집 난 것들을
부수어야 했을 때
어째서 그릇이 아니라
제 손을 치지 못했던가

유약 바른 눈동자 속에서

물레와 함께 빙글빙글 부풀어 오르다
반드럽게 뭉개져 흘러내리는
구겨진 점토만큼 맑은 것

저 파이고 금이 간 자국을
닦아주어야 할까, 망설이다가
이제 자신이 깨뜨리지 말아야
할 것들은 무엇일까 생각하다가

그는 손을 거두고
바라다본다. 손가락 사이로
가만히 처음 마주하는
작자 미상의 작품처럼

아이가 많이 자랐다.

구두

저녁이 되면
우리는 날개를 벗고
천사의 동상에서 내려와
비로소 인간으로 남는다

지상에서 먼저 잠들어 있는
사랑하는 이의 고단한
맨발을 겨우 한번
움켜보는 밤

몰래 날아갈까봐 이것이
행복이라 말하지 못한 채
흠칫 뒤돌아보면 단칸방 아무도 없는
현관이 저절로 점등되는 이유에 대해

보이지 않아도 여기에 없어도
우리만 아는 비밀에 관한
귀엣말이 열망의 잔상과
부실한 잠꼬대로 빠져나가고 나면

가만히 일어나 흩어진
내일의 깃털과 바람 들을
정리하고 돌아와 누워도 다시
꿈꿀 수 없는 좁다란 곳으로부터

아무 일 아니라는 말처럼
다 기우일 뿐이라는 듯이
이내 빛 꺼진 빈틈을 채우는
익숙하고 편안한 적막과 어둠과 공포 속에서

우리는 뒤척이기도 한다
날개 없는 날갯짓을 배우며
기약 없는 천국보다 낮은 자리에서조차
오직 발 벗어 인간으로서 살아가기 위하여

일출

겨우 빨간 볏이 솟고
솜털이 벗겨지기 시작한
동기간 다섯마리 병아리들이
함께 놀고 있는 닭장으로
밤새 고양이가 앞발을 집어넣어
한 놈의 겨드랑이를 찢어놓았다.

상처 난 채 구석에 웅크려
있는 것을 아침에 발견해
이만하길 다행이다,
소독하고 연고를 발라준 후
울타리도 한겹 둘러쳐
더이상 고양이가 나들지 못하게
막아둔 다음 날, 약해진
그놈을 나머지 형제들이
일제히 쪼아 죽여버렸다.

흥건한 피 냄새, 그중
한 녀석은 미숙한 날갯짓만으로도

가슴을 펄떡거리며 가장 높은
횃대까지 이미 올라서 있다.

승진

야생 완두는
오랫동안 인간에게 길들여지면서
열매가 다 익은 후에도
자발적으로 깍지가 열려
씨앗을 퍼뜨리는 능력을
최대한 억제할 수 있었으므로
식용작물이 되었다.

꼬투리를 잡은 누군가의 손이
비틀린 멱살을 부드럽게 어루만져줄 때까지
입 꽉 다물어 속을 비치지
않았기에 사랑받았고
함부로 옷이 벗겨져
다섯알 중 서너개를 잃고도
하나쯤은 건사할 수 있다는 산술로
계약을 따냈다.

완두는 좀처럼 터지지 않는다.
분노하지 않는 초록의 순종으로서

동일한 껍질 속 똑같이 생긴 얼굴로

가지런히 줄 서 기다리며

선별과 배제는 우연이거나

더 높은 곳의 뜻임을

순순하게 다짐하는 겸손한 위치에서조차

간택되기 위해 무거워진 목을 늘어뜨린

비산도 탈출도 없이 동그랗게 어여쁜 두상들

비닐봉투

그녀는 허술한 이부자리가 깔린
차가운 바닥에 누워 있다.
얇은 이불을 걷자 거의 부피가 없는
쇠약하고 야윈 육체가 드러난다.
밤새 움직이지 못해
토사물과 소변 섞인 시큼한 냄새가
젖은 자리에서 올라온다.

맑았던 얼굴은 흙빛이 되었고
구겨진 피부는 잔주름이 파인 채
스스로 내쉬는 호흡에도 온몸이 흔들리곤 한다.
가냘프게 세월 탄 손은 헐렁하고 품이 엷어
꼭 쥐어보아도 나를 되잡아주지 않는다.

그녀에게도
안이 잘 비치지 않지만 왠지
속내가 무엇인지 알 것만 같은
반짝이고 하늘거리는 옷과
날아갈 듯 포근하고 말쑥한 맵시로

진심을 양껏 담아
호수처럼 거리를 활보하던
지난 시절들이 있었다.

납작하게 달라붙은
상반신을 천천히 일으켜
욕창으로 끈적거리는 등을 닦고
머리를 씻기어 몸을 말려주면
조금 부풀어 올라 생기가 피어나지만
그녀에겐 여전히 상처 많은
깁거나 덧댈 수 없는 자국으로
오래된 시간들이 맺혀 있다.

그러나 그것들은 익명일 뿐이다.
자신들의 필요에 의해 여러번
그녀를 사용했을 뿐
호흡을 불어 넣어보아도
다시 가눌 수 없이
바람이 새어 나가버린

나날은 갔다.

그녀를 들어 안으면
빛깔이 아름답지만
너무 얇은 기름때처럼
속삭이며 구겨지는 공기처럼
무게가 느껴지지 않는
불투명으로 헐겁고

귓가에서 찢어진 숨소리가 바스락거릴 때
나는 커다랗고 가득 차
떠오를 것만 같았던 오랜 날들을 예감할 수 있지만
기억 또한 지나가는 물질이라는 것을
쓸모와 용도에 따라
한때의 전성기를 보내는 가벼운 도구라는 것을
체념하면서도 다 괜찮아질 거라고
그녀를 달래지 못한다.

그녀는 사라질 만큼

눈을 꼭 감고 있다.

우리는 언젠간 다시 태어날 수 없는
찌그러지거나 평평한 존재가 될
그녀의 다음 운명을 알지 못한 채

이곳에 얼마나 더 남겨질지 두려운
살갗을 벗겨낸 흐릿한 품목으로서
함께 방을 나가야만 한다.

왼손

외할머니는 문맹이었다.
내가 학교에 들어가고도 한참 뒤에야
처음 글을 배우기 시작했다.

방학이 되어 외가로 놀러 가면
기계식 전화기 옆에 놓인 앉은뱅이 탁자에서
할머니가 당신의 이름을 삐뚤빼뚤
수십번 습자한 흔적을 볼 수 있었다.

이모와 삼촌 들의 이름, 그리고 손주들이
어떻게 그들의 전화번호와 연결되는지를
누런 갱지와 쌀 포대를 잘라 만든 종이
혹은 지나간 달력 뒷장에 적어가며
할머니와 나는 한 시절을 보냈다.

어색한 단어, 틀린 철자
간단하고 소박했을 문장들의 내용은
더이상 기억나지 않는다. 하지만
할머니가 이룬 어눌하고 서툰 아이의 필체를

나는 지금도 알아볼 수 있다.

경련과 마비로 뒤틀린
할머니의 마지막 미소처럼
그것이 얼마나 내가 왼손으로 쓴
글씨와 닮았던가를

그리고 나란히 길을 걸을 때
할머니가 오른손으로 잡아준
내 왼손의 온기

그리워지면
나는 왼손으로 글을 써본다.
잠들어 있는 할머니의 근육과 할머니의 육필로
할머니의 기억을 쓴다.

손을 놓고 싶어
꼼지락거리던 불편하고 아련한
어릴 적 느낌 그대로

병원

아는 만큼 보인다.
다른 사람들이 보지 못하는 것을 보는 이는 병자다.
확실하고 부재하는 장면들이 더 많이 보이는 이곳에서
나는 이해한다.
그리고 생각한다.

하지만 환자들은 내가 건강하다고 말한다.
강자들은 내가 미쳤다고 말한다.
눈에 어른거리던 유령들은
긴 복도를 관통해 사라져가면서
나를 알아보지 못했다.

보호자 없이 갇힌 실내에서
나는 진실도 섬망도 아니었지만
밥을 구해 먹고 대접을 받으며
투명하고 깨끗한 단체복
한벌을 얻어 입을 수 있었고

어느 날은 아무도 없는 뜰로 나간다.

커다란 나무가 올려다보이는 그늘에 쪼그려 앉아서
빛이 보여, 빛이 보여, 발작을 해가며
어둠 속에서조차 부신 눈을 뜨지 않은 채
나는 없는 것만 믿는다.

목련

비구는 읊조리던 불경을 거두고 목탁을 놓는다.
테두리가 갈변한 두 손을 합장해 반배를 올린 뒤
목 꺾어 연기로 살 내음 사리는 향불과 함께
천천히 무릎부터 무너지며 엎드리기 시작할 때
창백하고 표정 없는 뒤통수 곁에서
구겨져 떠오르는 손바닥은 이미 모든
소리를 다 들은 귀처럼 고요하고
팔꿈치를 괸 삭은 뿌리 아래
텅 빈 두 발을 뒤집어 서로를 포개면
시들도록 저문 겹겹한 묵언들과
미처 떨구지 못한 한잎의 입술이
깊게 파인 이마 짚고 오래 기다렸던 자리로
새하얀 빛이 고여 한참을 늙어가는 동안에도
그는 한그루의 품이 너른 잿그늘을 두른 채
바닥에서 웅크린 몸을 일으키려 하지 않는다.

잎망울

허름하고 외로운 차림의 소년이
또래 아이들에게 둘러싸여 있다.
새까만 얼굴, 겁먹은 눈동자를
크게 뜨고 두 주먹 꼭 쥔 채
아직은 울지 않고 있다.

소년이 돈을 훔쳐 감추고 있다고 믿는
아이들은 안에 든 것을 빼앗기 위해
목을 감싸고 팔뚝을 잡아
으름장을 놓으며 손아귀를 풀려 하지만
입 앙다문 소년도 포기하지 않는다.

곧 지겨워진 아이들이 제각각
떠나간 자리, 소년은 혼자 남아
쓰러진 제 몸을 일으켜 세우고
땟자국 흘러내린 눈물을 닦은 뒤
그제야 손을 겨우 열어 보인다.

거기에는 꼬깃꼬깃 접힌

푸르고 자그마한 조약돌
하나가 들어 있을 뿐이다.
비릿한 잉크 빛 풀 내음을 머금은
멍들고 녹청 낀 바람이 고인

희박한 손바닥의 온기를 얻어
돌은 다만 침묵만큼 더 따스하게
체온이 오른다. 이 낮은 묘목이 움킨 것이
이토록 멋쩍고 허약한 비밀과
교환의 가능성일지언정

여기 조붓한 땅으로도 향기로운
봄이 찾아올 것이라는 자존심,
여전히 소년이 흐느끼지 않는 동안
나무도 무럭무럭 자라나
그늘을 드리울 수 있도록

언젠가 가득 펼친 양팔과 빈 품을
머리 위로 드높인 소년에게

돌이 활짝 웃음 지어준다면
소년은 돌을 위해 비로소
어떤 말로 화답하게 될까?

측정

그가 소매를 걷고
손바닥을 펼쳐 올려
인사를 건넬 때
맨살에 새파란 물관이 드러난
팔꿈치부터 손끝까지가
두꺼운 줄기로 자라
너른 가지를 크게 뻗친
건장한 나무다.

손목에는 몇개의 짙은
칼자국이 나 있다.

수줍고 조그맣던 시절
스스로의 높이를 증명하기 위해
머리를 수간에 기댄 채
키를 새기던 흔적
어떻게든 목을 늘이고 발꿈치를 들어
여러번 반복해 그어가며
살아 있음을 확인하던

성장의 표지다.

철봉

처마에 매달려
알통을 키우는 운동에 열중인
비 오는 날 키 작은 꼬마
물방울 하나

두 손으로 처마 끝을 꼭 잡고
턱 걸어 움츠린 양팔로 버티다
천천히 아래로 늘어질 때의
용쓰는 인상으로 찌푸린 얼굴이
투명하고 팽팽하게
터질 만큼 달아오르는 순간

온몸을 쭉 펼쳐
가장 낮은 바닥에 닿을 듯하다가
기운차게 팔 굽혀 처마까지
되짚어 오르는 반동으로
후드득 땀방울 흩뜨리며
다시금 흐린 하늘 가까이
대롱대롱 매달리는 임계를 시험하고

반복하는 망설임과 다짐 들을 위하여

힘내라 물방울
어서어서 자라나 씩씩하고
튼튼한 근육질 어른이 되어서
지상에 내려온 촉촉한
단비로도 스밀 수 있도록

겨드랑이

어떤 소형견들은 더
큰 개들보다 높은 곳으로
자기 냄새를 묻혀
두기 위해 날개처럼
뒷발을 모두 들어
물구나무선 채
침 튀기듯 온몸을 흔들며
오줌을 싸기도 한다.

나는 너무 작아 새끼인지
성체인지 모를 개 한마리가
그렇게 표식을 남기는 위태로움을
반쯤은 민망하고 반쯤은 기껍게
바라보다 문득 저것은
저열한 능력인가
치열한 속임수일까
분간하지 못하여

평균에 미치지 않는 키에서조차

내가 자신의 음습과
잘못된 이족보행을 수습하기 위해
뒤집힐 듯 아찔하게 양팔을 들어 올려
소리칠 때 스스로 제일 먼저 예감하는
은밀하며 시큼한 불안의 말과 땀, 그리고
내가 이루려는 그 모든 홍건한
노력들의 체취를 의심하게 된다.

소원

할머니가 등을 긁어달라 하시면
윗옷을 들추고 등 한가운데를 가로지르는
낡고 해진 브래지어 호크를 푼다.
손톱을 세워서 위아래로 쓸어내릴 때
고속도로처럼 하얀 줄이 섰다가
진흙을 뒤집은 봄밭처럼 붉어진다.

할머니가 시원하다 살 것 같다 하시는
두껍게 눌린 진한 자국보다 먼 북쪽
그리고 동쪽에 있는 거기가
할머니 고향의 지도와 가깝다.
등에 맞댄 양 손바닥만으로는 가릴 수 없어
문질러 지워도 보고 닦아도 보는
깊이 팬 살과 골의 건너편

미세한 봉분들이 돋아난 비좁은 자리마다
할머니 손은 이르지 않아서
내가 대신 매만지는 묽고 비린 땅을 위하여
마지막은 손톱을 거두고

42

피 맺히지 않도록
지문으로만 닿아보았다.

다시 브래지어 채워주고
옷을 내려주자
가려움을 숨긴
너무 작은 뒷모습

나는 함부로 재단된 경계와 선 들에 뒤덮여
찢기고 바스러진 몸을 껴안으며 말한다.

할머니
오래오래 살아요
둘이 같이 손잡고
너머에 가야죠

걸음마

새 신을 신겨주자
아이는 발등에 앉은 나비를
가장 미뻐한다.

나비는 어려서 날갯짓이 버겁다.
무게 잡지 못해 풀어지고 밟히며
넘어지고 뒤집혀 바닥에서 자주 지친다.

그럼에도 아이는 즐겁다.
매듭은 연하게 흩어져
서툴지만 길고 완연한 흔적들을 이룬다.

아이가 일어서면
나비도 엉성한 무늬와 색으로 날개를 세우고
한발 한발 아이를 움직이게 한다.

아이는 갸우뚱거리는 중심과 흔들리는 가벼움만으로
중력과 게으름을 거스르는 평범한 규칙을 배우기 위해
열심을 다한다.

그래도 아직은
그림자보다 낮고
공중보다 땅이 더 가까운 시기

여린 더듬이 끝을 붙잡아
둥글고 너른 날개를 바투 묶으며
나는 나비와 아이를 다독여준다.

곧 나비는 날아갈 것이다.
아이도 해지고 작아진 낡은 신발을 벗고
스스로 짚은 허공 속을 걸어 들어갈 것이다.

나는 비늘과 빛을 흩뿌리며 앞으로 나아가는
교대로 겹쳐져 어렴풋한 뒷모습의 윤곽들을
어지러이 바라보고 있다.

산수국

분을 발라 주름과 나이를 감추고도
단정하고 수수하게 차려입은 그녀들은
황혼의 햇살이 비껴드는 창가에 함께 앉아
다과를 즐기고 대화를 나눈다.

더이상 자식을 걱정하지 않는다.
남편 흉을 보거나 손주들 자랑을 하지도 않는다.
이제 그들은 고혈압 약에 대해
백내장과 관절염, 유방암과 치매
갑상선과 비타민과 관장에 대해 이야기한다.

누가 더 많은 고통을 가졌으며
얼마나 오래되었는지, 그리고
더 깊은 아픔과 수고로움에도 불구하고
누가 더 오래 살아남을지를
조심스레 계산하고 예측해본다.

서서히 저물어가는 실내로부터 비슷하지만
저마다 색다른 그림자의 부드러운 빛깔로 머물며

모두가 한데 모인 둥근 탁자에서 때때로
산들거리는 바람같이 웃는다.

의자 등받이에 걸쳐서 둘러놓은
밝고 연한 겉옷들도 초여름
헛꽃처럼 예쁘다.

은행

한때 고기잡이로 북적이던
남쪽의 외딴섬
부락 사람들 떠나고
아이들도 없는데
쇠락한 폐교 안
커다란 고목나무에로
올해도 만선인 홍어들이
노랗게 말라 익어가면서
근처로 다가가면 발밑으로부터
톡톡 터지며 아찔하게 삭아가는
그립고 외로운 비린내와 계절 들을
지천으로 부려놓은 하루

문득 가지 사이 바람 불어
파도 소리 들이치는 물때엔
조그만 치어들도 거기가 바다인 듯
허공을 헤엄쳐 내려온
깊어진 바닥에서 가만가만
머무르고 뒤척이다가

너른 너울 밀려오면
투명한 공기와 수면에
몸을 맡긴 채 물결 따라 더
먼 수평선 너머 반짝반짝
빛이 닿는 대처까지 떠올라
날아가고 싶어도 하였습니다

월경

태반 같은 포말이 부풀어
이글거리기 시작할 때
파도가 커다랗게 일어나
둥글고 높은 자궁을 이루면
안에서 맨몸으로 미끄러져 나오는
부끄럼 없는 한 사람이 뭉클하게
무너지는 물결 아래 쓰러져
휩쓸리며 잠기더라도
크고 작은 태동 가득한
양수처럼 일렁이는 물살 위로
서핑 보드에 기댄 채 흠뻑 젖은 목을
내민 마냥 즐겁기만 한 그가

언젠가 끝까지 균형을 잃지 않은
곧추선 신체로 모든 담들을 타넘고
살과 벽 들을 에어 활주하다
마침내 도달한 해변으로부터
발목과 판자에 연결된
탯줄이 끊겨도 수면을 디뎌 흐르듯

물밖으로 뛰쳐나오는 법에 대해
흥건히 배우게 될 저물녘의
아린 노을에 비끼어 비리도록
핏빛으로 물드는 먼바다 곁에서
쏟아지며 뒤집힐 만큼 선연한 공기와 깊은 구름과
완벽히 떠오르는 달빛을 비추는 보드라운 수평선

수정

너와 내가 이어폰을
한쪽씩 갈라 끼고
볼륨을 한없이 높여
동일한 시간을 나누는 것이
하늘만큼 너른 공간에 올라
온전히 혼자가 된 채
양 귀로 음악을 듣는 것과
다름없는 기분일 때

꼬리를 흔드는 잔망스러운 조바심들
둥글고 커다란 뒤척임과 기다림
우리가 그토록 먼 통로와 어두운 방 들을
투과해 비로소 만나게 된다면

마땅한 우연들이 포함된
음표 같은 첫걸음으로부터
춤추며 두근거리기 시작하는
박자와 분열 속에서

서로가 언제까지나

가장 사랑하게 될

독특한 채보와 결코

악보대로는 연주되지 않을

수많은 재생 그리고

미래에 관한

반복 가능성으로서의

유일한 노래

운명

우리의 수명이 평생
말할 단어의 개수로
정해져서 우리가 태어나고
삶이 시작된다면

우리는 겨우 할당된
단어만큼만을 말하다가
더이상 할 말이 없을 때나
너무 많은 말을 했을 때

죽게 된다면, 그러나
우리에게 제한된
단어의 수를 모른 채
살아가야 한다면

우리는 얼마나 고요해질까
욕과 정치 공방과 거짓말 들이 사라질까 혹은
생은 헛소리와 뜬소문과 쓰레기에 불과할까
가사가 있는 노래는 보다 소중할까

서로가 한없이 오랫동안
고민해 문장을 짓고
장수를 위하여 침묵을 택하거나
깊은 생각에 빠지게 될까

어떤 사람들은
숨죽여 소리도 없이
다시 긴 편지를 쓰고
수화를 닮은 춤을 추곤 할까

비밀은 보석 같을까 모래알일까
암시는 유리이거나 거울이어서 깨진 채
반짝일까 모든 걸 관통하는 투명이 될까, 실은
손에 쥐면 빠져나가는 존재하지 않는 색감일 뿐일까

정말 말하지 않고서
의미하는 법을 배울 수 있을지
가늠하기 위해 신체는 그토록 닿을 수 없는

어둡고 특별한 대답이어야 하는지

그리하여 언젠간 너에게 사랑의
언어를 전하기 위해 기다린 아무도
눈치채지 못한 무응답의 시간 전부를
나는 아쉬워하지 않을 수 있을까

아니면, 내가 오직 말을 버리고
너를 버려서 해야 할 마음과
바라는 기척 전부를 묻은 곳에서
홀로 영원히 생존하기로 한다면

신발

나의 가장 깊은 아래에는
두 마리 고래가 산다.
고래는 나이가 많아 다정하고 편안한
서로 닮은 부부처럼 사이가 좋고
진흙과 낙엽과 메마른 따개비로 덮인
상처 많은 피부에도 두려움 없이
갸름한 유선형의 율동으로
각자가 상대의 예인선이 되어서
순조롭게 유영해 나를 걸어가게 한다.

고래는 앞장서 나아가며
내가 이해하지 못하는
굵고 높은 노래를 부른다.
그 가락이 귀로 들리는 소리라기보다는
발 뿌리에서부터 가슴까지 거슬러
울리는 지긋한 묵음과 진동을 닮을 때
심장은 파장에 맞춰 전율처럼
새로운 박자를 차올린다.

고래는 수면 위로 솟구쳐
몸을 뒤집고 발을 깨물면서
나를 달리게 만든다.
성급한 고래는 나보다 먼저
발 벗고 저 멀리 가 있거나
토라진 채 뒤처져버리기도 한다.

숨찬 고래가 토해내는
물줄기가 헝클어져 공중에 흩날리면
나는 쭈그리고 앉아
고래의 가쁜 호흡을 달래 매듭을 짓고
생각 많은 이마에 파인 한 줄의 거친 주름을
쓰다듬어 펴서 기운을 북돋워준다.

뒤돌아보면
갓 태어난 새끼들을 키우는 가족 같기도 하고
오래전에 죽은 동료들의 주검 같기도 한
고래가 새겨둔 자취들로 끝없이 남겨진
주저와 배회로 찰랑거리는 얕은 물가를 따라

이어진 해안선을 바라보며 불안해할 때
고래는 여러가지 주파수로 시간과 걸음을 서둘러
닳은 부리로 다른 곳을 가리킨다.

일몰에 물드는 수평선보다
더 오랜 바다로 가기 위하여
더 낮고 망막한 물속에선
발자국 남기지 않도록

고래는 머뭇대는 나에게
투박한 꼬리를 흔들어
뚜벅뚜벅 신호를 보내고
짙은 목소리를 가다듬으며
마주한 곁과 뒤꿈치를 가지런히 둔 채
진한 어둠 밑으로 잠수하듯
나를 받치는 저녁의 묵직한 압력으로
다음번 파도와 수심을 재촉한다.

독서

고양이는 내가 가는 길의
발치마다 따라다니고 앉은
무릎 새에 등을 기대어
늘 곁에 머무를 듯하지만
쓰다듬거나 안아주려 할 때면
연한 꿀같이 고인 달고 께느른한
질문들과 그림자를 묻히며
계속 발버둥 쳐 품을 빠져나가서
장난기 머금어 으쓱거리는
소박한 실바람에조차 슬며시
넘겨지는 비밀과 옷깃처럼
사뿐한 발걸음으로 나아가
겨우 닿지 않을 만치 떨어진
자리에서 소리 없이 이따금
이쪽을 돌아봐 근방을 향하면서도
온전히 눈 마주치지는 않을
따스한 자취와 어슷한 빛과
또다른 그늘로서 오래도록
느슨한 꼬리만큼 긴 가름끈으로

더 멀리 드리운 풍경을 초대해
여기에 멈추고 곰곰한 생각에 잠겨
뒤처진 기쁨 같은 날씨들을 단지
끝없이 펼친 채 선잠에 든다.

해바라기

빛이 들어오지 않는 샤워실에서
꽃은 얼굴을 떨구고 있다.

그가 그 아래에서 벌거벗은 채
메마른 잎사귀 하나를 비틀면
꽃은 그의 정수리 위로
작은 열매들을 흩뿌려주기 시작한다.
투명하고 부드러운 낱알들은
아직 차갑다.

그가 목을 꺾어 체념처럼 기다리는 동안
피부에 닿은 열매들의 껍질이 벗겨져
방울을 드러낸 씨앗들이 으깨지면서
그의 몸을 새롭게 씻겨주고 데워주는
기름이 된다.

그의 전부를 타고 흐르는
환한 물결과 점선 같은 햇살이
액체로 닿아 그를 깨끗이 밝힐 때

물비늘과 역광의 부스러기들이
눈부시게 사방으로 튀어 나가고
볕은 조금 더 다사롭게
반짝이고 맑은 물질이 되어
그의 체온을 돕는다.

어둡고 눅진한 샤워실에서
흠뻑 젖은 모습으로
시든 그는 고개를 숙이고 있다.
녹슨 꽃도 시선을 낮추고 있다.

그러나 꽃은 자신의
태양을 향해 서 있다.

발아

세밑 한파가 겨우 지나간
어느 날 지하에서부터 늦잠을 잔 소녀
아무 소리 없어 건넌방에 가보니
할머니가 잠 깨지 않아서
아직 아침이 오지 않았다고 생각한다.

언제나 저보다 먼저 일어나 끼니를 차리며
밥 먹고 학교 가라 다그치던
지겹고 당연한 할머니가 여전히 잠들어 있어
아이는 학교에 가지 않는다.

한두 밤 지나 돌아온다던 엄마도 오지 않아서
여태 그날들이 지나가지 않았다고 믿는 아이는
눈감은 할머니의 밤이 다하지 않는 꿈을 꾸며
나이 먹지 않는다.

몇날이 가고 몇주가 가고
비로소 차분한 더께로 가라앉은 공기 속에서
누군가 그들의 깊은 방문을 두드릴 때까지

엄마 — 하고 달려나가 문을 열면
눅진하고 입자 거친 습기와 먼지로 가득한
땅 아래 좁은 틈으로 식은 냉장고 불빛처럼

하얗고 냉정히 터져 들어오는 햇살에
어느새 키가 훌쩍 웃자란 푸르고 야윈 몸을 박차
창백하고 희박한 연둣빛 떡잎 같은 양팔을 펼친 채
코를 움켜쥐며 물러서는 낯선 사람들의 어깨 뒤로
엄마,

엄마?

움

개수대 수챗구멍에
무심코 흘린 콩 한쪽
며칠 지나
거름망을 비우려 들여다보니
음식 찌꺼기들과 함께
눅눅한 어둠 속에 머물다가
거기서 그만 아무런
낌새도 소리도 없이
신생아의 발 같은 조그마한
싹을 틔우고 말았다.

좀처럼 말이 없고
친구가 없어 매일 고개를
숙이고 다니던 그 작은 여학생은
어느 날 방과 후
혼자 남은 화장실 변기 칸에서
조산아를 낳았다.
아기는 아직 첫울음을 떼지 않는데
발바닥이 펼친 떡잎만큼 아담해

세상의 어떠한 그물에도
걸릴 것 같지 않았다.

숨

아무리 꽉 잠가도 밤새 물이 새는
부엌 개수대의 수도꼭지 소리가
아이의 허전한 맥박을 닮아
이 집의 심장을 뛰게 한다.
그녀가 잠을 설치는 이유다.

그녀가 어둠 속에서 깨어나
스스로의 기척 전부를 죽인 채
잠든 아이의 방으로 건너가
너무 얇은 명치께에 귀를 대는 순간
고통스러운 기대감을 고양시키는 공포, 혹은

혼자만의 주기를 가지며
한계점까지 부풀어 올랐다 퇴화되고
재생을 반복하는 투명한 비밀로서
떨어지는 순간 가만히 바라보면
온 세계가 담기기도 하는 씨앗

턱을 따라 침이 흐르는 아이의 입가를

그녀는 깨끗이 닦아준다.
아이는 스무살이 지나도록 말을 배우지 못했지만
햇살 속에서 맑은 물처럼 웃을 때 증발할 듯
찡그린 눈매로 그녀가 참아야 하는 동그랗고 눈부신 발아

새로 고이는 침 줄기를 다시 훔쳐주는 일
그것은 물방울만큼 가볍고 연약한
그녀의 가슴이 매번 주저앉고 흩날려
낙하하는 동안에도 이 악문 미소로
그녀를 살아 있게 하는 의지다.

배추밭

폭락의 시기
아무도 찾지 않는 고립된 한뙈기 섬에도
첫눈이 내려 이곳에 도달한 푸른 펭귄들 위로
순전한 갈망이 쌓인다.

쓸모없어졌다는 것이
이토록 풍성하고 질서 있는 풍경이었는지
황량했던 작년과는 다르게
싸구려라는 세간의 슬픔마저 무색히
올해 이곳은 빽빽한 생기가 넘친다.

거센 날씨에도 시든 솜털을 뜯어내고
옹기종기 모여 서로를 채우며 군집을 이룬 펭귄들은
옆에서 밀면 넘어져버리는 약한 뿌리와 짧은 발목으로도
날개를 펼친 새파란 턱시도의 계절과
높은 왕관의 권위를 잃지 않았다.

추위를 이겨낸다면
가죽과 날개로 신중히 감싼 몸속과 발밑에서

따스한 알을 낳아 품을 수 있을 것이고
장다리처럼 가녀린 목이 고운 노란 새끼들이
태어나 버림받은 이 섬에서부터
더이상 인간을 위해서가 아닌 그들만의 목적으로
얼음 녹은 땅 위를 딛고 번식해갈 것이다.

펭귄들은 시린 바람과 흩날리는 눈발에도
고개를 젓고 뒤뚱거리는 걸음으로
흔들리는 겨울을 견디고 있다.

별똥별

야간 작업 후 교대자 배식 시간
구름 낀 듯 늘어진 잿빛 얼굴로
모두가 구별할 수 없이 똑같은 제복
입고 두줄 서서 음식 받을 때
저 뒤에 그녀가 있다.
사람들의 어깨 너머
나타났다 가려졌다 해도
그녀는 여기에서 밝다.
나와 눈 마주치지 않지만
못 본 척한다는 것은
정말로 보았다는 신호다.
조금씩 엇갈린다는 것은
소원하는 바가 있을 때의 가능한 오차,
빛나지 않는다고 해서 없는 것은 아닌 깜박임과
외면한 채 긴 선 그어 차례로 지나가며
서로가 가까워질 수 없는 거리감에서조차
흐린 하늘에 번지는 졸음 같은
푸른 김이 피어오르는 갓 익은 밥 앞에서
눈 내리깐 그녀가 투명히 비치면

나는 서서히 멀어지며 사라져가는
새벽의 허기에 어둠과 노동을
꿈으로서 걸어둔다.

백발

길고 먼
산책에서 돌아오자
안에 있던
사람들이 놀란다.

날씨가 궂은데
어디를 다녀오느냐,
눈보라 치는 흐린 창을 가리키며
머리와 어깨에 새하얗게
어둠이 쌓였노라 말한다.

걷고 있는 내내
내리는 걸 몰랐다.
목덜미를 누르는
냉기의 무게도
느끼지 못했다.

땀에 식어 흐르기 전에
정수리 아래로 가라앉은 더미들을

털어야 할까 머뭇대다가
사무치는 몸을 거두며
계절을 원망해야 하나
뒤척이다가

사람들에게 답한다,
아니, 밖은 무척
화창한 하루였어.
시간이 얼마나
흘렀는지 잊었을 만큼

스스로 지나온
얼지도 젖지도 않은 새파란
길들과 전경을 알리기 위해
불 가에 모여 흔들리는
그들의 그림자 곁으로
의자를 끌어당겨 앉으며

바싹 다가가 따스하고

졸리도록 그윽한 빛과
훈기에 표정이 녹아
머리 위로 자라나는
기화된 아지랑이들에
시야가 뭉개져 서서히
얼굴을 잃어가기 시작하는 동안

입김 서린 유리에
썼다 지운 이름처럼
안팎에서 바라보아도
좌우가 뒤바뀐 걸
아무도 깨닫지 못하는
잘못된 거울로서 남겨진
희붐한 열의와 후회 들에
더이상 어떠한 절기조차
기억해내지 못할지언정

나는 다시금
그들에게 고한다,

나는 산뜻하고 오랫동안
기껍도록 거기서부터
걸어서 왔어. 그리고
그건 정말
꿈이 아니야.

치매

미터기가 고장난
택시를 탄다.

요금이 얼마냐 묻자
주는 대로 받겠다고 한다.

손님을, 어디로 모셔야 할까요?
기사가 말한다.

기사님이 멈추는 곳에서
내려야지요, 대답한다.

나는 이제 울음이 많고
사는 것이 좋아

이따금 승객으로 머물고
어느 날은 기사와 자리를 바꾼다.

어떤 역할이 더 어울릴지

미처 선택하지 못했고

나 역시 여러번 들른 적 있는
이곳이 낯설며 처음이지만

아직은 혼자가 아님을
스스로 확인하기 위하여

우리 중 누구도 먼저
종착을 알리려 하지 않는다.

계부

새장에서 오래 키운
십자매가 알을 낳았다.

둥지를 들여다보면
안 된다고 했지만

나는 내부를 훔쳐보았고
며칠 뒤 새는 알을 버렸다.

바닥에 널브러져 깨진 알의 틈새로
웅크린 소년이 보인다.

여행 가방 속에는 아직
날개 돋지 않은 새끼가 구겨져 있다.

나는 그 비좁은 가방을
내 것이 아닌 듯 밖에 두고 돌아온다.

그리고 스스로 드높인 조롱 안에 들어가

어깨를 꺾고 좀처럼 그곳을 벗어나지 않는다.

용접

죽은 개체인 줄 모르고
바닥에 떨어진 암매미에
생식기를 꽂은 성마른 수컷은
그늘 밖으로 헤어 나오지 못하여
시체를 매달고 함께 뒤집혀
뒹구는 흙땅에서조차 자세를 바꾸지도
솟구치지도 못한 채 껍질로 뒤덮인
무표정에 울음도 없이 자지러지는
엷은 날개만 퍼덕이고 있었다.

높고 푸르게 타오르는 나무로부터
철근을 녹일 듯한 폭염 속 다른
견습공들의 쉰내 나는 노랫소리가 멀리
폭죽으로 부풀어 하늘과 계절 끝까지
닿았다가 삭은 불티로 흩어지며
뿌리께에 가라앉으면 마침내
어둠은 식은 우박처럼 조각나 밑에서
간절히 애쓰는 미진한 두 공원의 이마와
머리맡으로 사위어 쏟아져 내렸다.

성냥

내 좁은 주머니에는 아직
태어나지 않은 음표가 있어
붉은 벽에 대고 그으면
어둠 속에서부터 환하게 타오르는
수줍은 음정과 짧은 마디의 탄성들
그것을 너의 이마에
너의 입술과 너의 눈썹에 나누어줄 때
완성되는 얼굴은 음계를 이루며 차례로
켜지는 아름다운 악보가 되는 걸

따스한 공기를 머금어 떨리는
호흡의 긴장과 고요한 환희로
눈부시게 속삭이면서도
흐린 그림자를 감춘 목소리가
맑고 포근해 춤과 같은 선율을 이루면
나는 거의 슬픔을 잊을 만큼
손을 가까이 가져가 곁을 감싸며
그토록 다정한 발성과 안무를
놓치고 싶어 하지 않겠지

눈을 감아도 아른거리는
하얀 음영과 음조 속에서
작지만 뜨거워 온전히 소유하지 못한
꼭 쥔 주먹 같은 텅 빈 날들과
그 사이로 촛농처럼 흘러 굳은 땀방울들을
여전히 기억하고 있을까

하지만 손금을 따라 구겨진
악절들이 사그라지는 동안
음표는 서서히 목이 쉬어
까맣게 야윈 몸을 꺾어버리고
밝았던 표정들도 하나둘 녹아내리면
너의 노래는 끝나고 말아서

너의 이마와 입술과 눈썹은
한때 나의 숨결과 온기가 닿았던 곳
이제는 식은 재가 되어 무너져 쌓이고
꺼진 자정 속에는 안면을 잃어버린

깜깜한 거울만 남아 있는데

나는 몰래 움킨 손안에서
젖은 채 빛이 되지 못한
음악 하나를 가지고 있어

음악

빗소리가 울리는 방에서
익사하는 꿈을 꾸었다
물에 잠겨 마주 보는 사람의
목소리가 물방울로 닿았다

죽어가면서 나는 잠에서 깬다
비어 있는 방으로부터
떨어지는 빗방울의 동심원에서
눈동자가 흔들리며 피어난다

이명 같은 액체가 잇새에서 출렁이고
귀를 기울이면 흘러내리는 체온 같은 진공
입이 벌어지며 터지는 기포를 뱉었는데
아무도 그것을 듣지 못한다

방은 조금씩 떠올라 어둠으로 나아가고
창밖에서 흩어지는 빗방울들이
가라앉는 둥근 머리를 아래로 향할 때
비틀린 빛들의 겹치며 떨리는 자취를 따라

지나가버린 나의 해일과 혜성 같은 것들
새는 비가 누워 있는 이마에
똑똑 듣는 박자로 이 방은 점멸하는 중일까
마음속으로만 나를 부르는 이토록 소리 없는 질식을

누구에게도 배운 적이 없는데
단 한 사람만을 생각하는 중에도
물이 코밑까지 들어차
다른 꿈이 시작될 것 같은데

분홍달

종점에서부터 타고 가는 지상 전철
하나둘 사람들이 들어 자리를
잡으면서 차내가 비좁아지는 동안
비어 있는 임산부 좌석으로
무거운 봇짐과 비닐봉투를 발치에
내려놓은 할머니 한분이
털썩 주저앉아 잠든다.

몇 정거장쯤 지나
가방에 표장을 달고 허리가 부푼
임신부가 할머니 앞에 서서
여기 앉아도 되느냐고
조심스레 건드려 말을 걸 때
할머니가 화들짝 놀라 깨며
발로 짐을 차버리자
쓰러지는 봉투 안에 든
분홍빛 자두들이 바닥에
떨어져 흩어진다.

이제 모른 척할 수 있는
사람은 아무도 없다.

앉아 있던 이들 모두가
일어나 멀리 굴러가는
자두를 허리 굽혀 줍고
누가 먼저랄 것도 없이
임신부에게 이쪽으로 오라고 권하며
할머니 대신 의자를 내준다.

얼굴이 새빨개진 임부도
꿈결에 엉거주춤한 할머니도
자기 것 아닌 짓무른 자두
몇알을 양손에 그러쥔 허술한 우리도
좀처럼 제자리를 찾아
먼저 되앉지를 못하는데

생글하고 설익은 과실처럼 웅크린
조그만 한 아이의 둥글고 말간 얼굴이

철컹대는 차창 밖에 떠올라
찰랑이는 양수 같은 따스한 어둠에
갇혀 하염없이 어쩔 줄 모르는
미숙한 우리를 다만 내려다보면서
탯줄만큼 기다랗고 다급하게
나아가는 열차를 빛 밝혀
오래오래 기껍도록 따라와
이곳에 숨죽인 나란한 풍경들와
상기된 뒤척임으로 부풀어 오른
수많은 요람들의 표정을 다 함께
뒤섞어 넘실거리게 한다.

분재

한산한 오후의 지하철
휘어진 소나무 한그루가
노약자석에 앉아 있다.
새파랗고 드셌던 침엽의 숱은
서리가 내려 듬성하고
고목이 된 얼굴과 손등에서도
껍질 터진 틈새가 거칠다.
해풍에 맞서 절벽의 바위틈까지
저 홀로 나아갔던 튼튼한 허리와 뿌리도 곱아
해안 같은 그림자 위로
부드럽고 아름다운 순환선을 드리운다.
철컹철컹 들려오는 파도 소리에도
더이상 먼바다는 보이지 않는
어두운 지하의 통로와 규범을 따라
발 벗고 조그만 화분 속에 심긴 나무는
언젠간 모두가 소유하게 될 예언처럼
당연하고 불가능한 자세로
고개 꺾어 졸고 있다.

자유

발아래가 다 비치는
맑고 얇은 살얼음 위에 서 있다.
나는 새하얀 입김같이 가볍고
기울어진 햇살만큼 반짝여
마치 여기엔 겨울이 없이
흐르지 못하는 언 강도 없이
움직이면 발치께에 이어진 그림자로서
함께 출렁이는 물과 투명은
아무런 거리낌도 멈춤도 없이
미끄러지면서 내가 수면을 걸어
도착해야 할 기적과 영원인 듯
깨끗하고 아득하지만

이곳은 텅 비고 연약해
그늘진 내가 바닥 너머에서
갇힌 거울로 비치게 되는
박빙의 복판일 뿐이다.
한발짝을 떼기도 전에
서서히 일그러지다 활짝

열리고 마는 미소처럼
분갈이를 놓쳐 일순간 밑이
터져버리는 비좁은 화분처럼
툭툭 갈라져가는 환멸과
구별되지 않는 가면을 쓴 채
내가 서성이고 있는 표정과 봄

첫사랑

골조 높은 막힌 비닐하우스 안으로
어떻게 들어올 수 있었을까
손바닥만 한 오목눈이 한마리
천장에 이어진 긴 전선을 따라
다급히 날갯짓하며 울고 있었다.

뒤틀린 문틈과 창을 모두 열고서
손짓해 바깥으로 내몰아보아도
빠져나가지를 못하고
사다리에 올라 그물망을 흔들며
낚으려 해도 좀처럼
잡히지 않는 새는
비닐에 비친 흐릿한
해의 잔상을 향하여
더 먼 쪽으로만 오를 뿐
오래도록 출구를 찾지 못했다.

잘못 날아와 여기에 갇힌
조그마한 심장 모양의 새를

쥐지도 꺼내지도 못한 채
나는 오후 나절을 다 보냈다.

일그러져 낡아가는 묽은 석양에
어두워진 하우스를 닫아
떠나야 하는지를 망설이는 동안에도
가릴 수 없는 공포와 환희가
뒤섞인 새의 노랫소리는
닿아본 적 없이 차갑고
찬란하였다.

미역국

기계가 오랫동안 정성을 다해 쇳물을 붓고
열기를 담가둔 거푸집의 포장이 풀리자
새로 태엽 감긴 작은 로봇이
잡음을 내며 돌아가기 시작한다.

일그러진 복제물을 품에 안으며
기계는 설계를 닮기 위해
하얗고 투명한 소리와 액체를 짜내고
로봇도 톱니를 맞물리며 기계를 따른다.

서로를 연결해주던 전선이 뽑히고
콘센트 구멍은 막혀서
기계와 로봇은 분리된 채 각자의
서로 다른 주기와 임무를 가지게 된다.

한번 정해진 방향을 거슬러 되감을 수 없는 태엽이
고장나거나 완전히 풀릴 때까지
로봇은 짜고 비린 윤활유로 스스로를 적셔가며 기계처럼
크고 살아 있는 제품이 되기 위한 회로를 엮어갈 것이다.

잠시 작동을 멈춘 로봇이 절전 상태로 대기하는 사이
기계는 지치고 삐걱거리는 엔진을 식히기 위해
누런 기름 사이에 떠 있는 미지근하고 미끄러운
석유 한덩이를 녹슨 지렛대로 건져 먹는다.

맥박

그가 평생을 사용한
일인용 흔들의자에 기대어
깜박 잠이 들고 나면
몸을 뒤척이지 않아도
발 구르지 않아도 의자는
그의 옅은 호흡에 맞춰
조그만 긍정의 속도로
삐걱대는 어깨를 가누고
고개를 내밀며 다가가
그에게 속삭인다. 다만
두려워 말라, 멈추지
않는 기울기와 끄덕이는 황혼에
관한 그의 낡고 비낀
꿈에게도 절룩여 말한다.
너는 혼자가 아니야

하품

졸린 아이는 카메라의 조리개를
점점 넓히다가 찰칵, 셔터를 누른다.
그러곤 흘러나온 현상액
한방울을 무심히 닦아낸다.

초점 맞지 않는
밝고 묽고 나른하게
흐릿한 순간
아이는 낮잠에 든다.

너는 무엇을 본 거니?
어떤 사진을 찍을래?

용액 속에 담긴 꿈을
일찍 흔들어 깨운다면
무슨 메마른 생각과 궁금하리만치
이루지 못한 습작들이 인화될까

활짝, 때론 궁색하거나 새침할 만큼

어떻게 문을 닫고 어느 창을 열어야 하는지
얼마나 빠르게 다만 너무 조급하지 않도록
기다림과 망설임과 유혹과 후회의 전부, 혹은

하얗게 타버렸을지 모를 서툰 막간의 기회처럼
아직 감응되지 않은 아득한 음화에서부터
떠오르는 어색한 흑백 미소와 입자 거친
총천연색의 환한 떨림 사이

기껏해야 얇고 새까만
층일 뿐인 한 시절의 틈새 위로
크게 벌린 기지개이거나
수줍게 오므린 입술로서 다가가

잠시 숨을 불어 넣고 들이쉬며 빛 가린 채
입김 스민 자국 속에 미온한 손을 넣어 끼적여본
그림과 글자와 색깔이 미처 지워지지 않은 동안의
눈부신 투명에 더 가까운 어둠에서조차

아이가 비로소 눈을 뜨고 일어나
스스로의 그림자를 선택해 당연하고
평순하지만 유일한 계조와 명암으로
사로잡힌 비밀과 영원을 정착할 수 있도록

이 세상 그 모든 노출과 그늘 아래서
이 맑고 많은 광원들 안에서

이 전부를 다 기억하지 못한다 해도
이게 오직 진짜는 아니더라도

| 시인의 말 |

타인들을, 심지어 자신조차 완벽히
속일 수 있는 가장 좋은 방법은
다만 진실을 실토하는 것이다.

너무나도 강렬하고 사무치도록 충격적이어서
제정신으로는 좀처럼 믿을 수 없는
뼈아픈 허구와 구별되지 않기 때문이다.

사랑한다는
말, 역시
그러하다.

2023년 8월
채길우

창비시선 492

측광

초판 1쇄 발행 / 2023년 8월 23일

지은이 / 채길우
펴낸이 / 강일우
책임편집 / 최수민 박문수
조판 / 박지현
펴낸곳 / (주)창비
등록 / 1986년 8월 5일 제85호
주소 / 10881 경기도 파주시 회동길 184
전화 / 031-955-3333
팩시밀리 / 영업 031-955-3399 편집 031-955-3400
홈페이지 / www.changbi.com
전자우편 / lit@changbi.com

ⓒ 채길우 2023
ISBN 978-89-364-2492-3 03810